*El verdadero nombre de Dr. Seuss era Theodor Geisel.
En los libros que escribía para que fueran ilustrados
por otros, usaba el nombre LeSieg,
que es Geisel deletreado al revés.

Translation TM & copyright © by Dr. Seuss Enterprises, L.P. 2019
Illustrations copyright © 1961 by Penguin Random House LLC.
Illustrations copyright renewed 1989 by Roy McKie.
All rights reserved.
Published in the United States by Random House Children's Books,
a division of Penguin Random House LLC, New York.
Originally published in English under the title *Ten Apples Up on Top!*
by Random House Children's Books,
a division of Penguin Random House LLC, New York, in 1961.
Copyright © 1961 by Penguin Random House LLC.
Text copyright renewed 1989 by Dr. Seuss Enterprises, L.P.
Illustrations copyright renewed 1989 by Roy McKie.

Visit us on the Web!
Seussville.com
rhcbooks.com

Educators and librarians, for a variety of teaching tools, visit us at
RHTeachersLibrarians.com

Library of Congress Cataloging-in-Publication Data is available upon request.
ISBN 978-1-9848-3114-9 (trade)—ISBN 978-1-9848-9497-7 (lib. bdg.)
MANUFACTURED IN CHINA
10 9 8 7 6 5 4 3 2
First Edition

¡Diez manzanas en la cabeza!

Dr. Seuss*

*Escrito como
Theo. LeSieg

Ilustraciones de
Roy McKie

Traducción de Yanitzia Canetti

BEGINNER BOOKS®
Una división de Random House

¡Una manzana
en la cabeza!

¡Dos manzanas
en la cabeza!

Mira bien.

Yo puedo también.

¡Mira!

¿Ves?

¡Yo puedo con tres!

Tres...

Tres...

Puedo ver.

Tú lo haces con tres.
Yo puedo con más.
Tú ahora tienes tres.
Yo cuatro. Ya está.

Mira cómo salto.

Mira qué destreza

con cuatro manzanas

sobre mi cabeza.

Y encima de un árbol,
¡una gran proeza!,
con cuatro manzanas
sobre mi cabeza.

Escuchen los dos.

Miren hacia aquí.

Yo puedo

con cinco.

¿Hacen algo así?

Es que soy tan bueno

que nada me frena.

¡Cinco, seis

y siete

sobre mi cabeza!

¡Siete manzanas
yo puedo cargar!

Y soy

tan, tan bueno

que no se caerán.

¡Cinco, seis, siete!

¡Como yo, ninguno!

¡Siete, seis, cinco,

cuatro, tres, dos, uno!

¡Pero mira!

Lo hacemos igual de bien.

Ahora nosotros tenemos

siete manzanas también.

Y ahora mira esto.

Le añadimos una.

¡Ya tenemos ocho!

¡No se cae ninguna!

Mira
lo que ahora
podemos lograr
con ocho manzanas.
¡Hasta patinar!

Con nueve manzanas
brinco
y bebo yo.
¿Pueden hacer esto?
¡Yo creo que no!

¡Podemos! ¡Podemos!

Podemos también.

Al igual que tú,

¡lo hacemos muy bien!

Todos somos buenos
a mi parecer.
Con nueve podemos
brincar y beber.

Nueve está muy bien.
Pero, esta vez...
¡Ánimo, nosotros
lo haremos con diez!

¡Mira!

¡Diez

manzanas

encima

puedes

ver!

¡Nosotros no vamos

a dejarlas caer!

¡Cuidado!

¡Cuidado!

Veo un trapeador.

Todas las manzanas

yo haré caer.

¡Tú, fuera de aquí!

¡Los demás, también!

¡Vamos! ¡Vamos! ¡Vamos!
Por aquí hay que correr.
¡No dejen que las manzanas
se nos vayan a caer!

¡Quítense del medio!
No dejen de correr
que nuestras manzanas
no se deben caer.

Esto no me gusta.

¿Qué vamos a hacer?

Ellas quieren llevarse

las manzanas también.

Si lo permitimos,
se las llevarán.
No las dejaremos.
¡No lo lograrán!

¡Cuidado!

¡El trapeador!

¡El trapeador!

¡El trapeador!

Este juego divertido
nadie podrá detener.
¡Ni una sola manzana
vamos a dejar caer!

¡Vengan! ¡Vengan!

¡Vengan todos!

¡Tenemos que derribar

las manzanas de algún modo!

Nuestras manzanas

no deben tumbar.

¡Vamos! ¡Vamos!

¡Huyamos del lugar!

¡Manzanas
en la cabeza!
¡Esto tiene
que parar
PARAR
PARAR!

¡Ahora la diversión
sí que se va a terminar!
¡Todas nuestras manzanas
sin duda se caerán!

¡Ay, qué divertido!
¡No se caerán
ni una vez!